Teatro de Cuentos de Hadas
EL PATITO FEO

Ilustraciónes: CARME PERIS
Adaptación: MÓNICA BOSOM

Narrador:

Erase una vez una Mamá Pata que estaba empollando
seis huevos. Era verano, cuando el pasto estaba muy
verde y el maíz muy amarillo. Los primeros cinco patitos
no demoraron en salir del cascarón, pero el sexto no
quería salir.

Mamá Pata: *(Impaciente)*

Ya pues, apúrate, bastante he estado empollándote. ¡Sale de una vez! *(Finalmente, la cáscara se rompe y sale un patito muy distinto a los demás)* ¿Qué es esto? ¡Qué cosa tan fea! ¡Esto debe ser una broma! Alguien debe haber cambiado uno de mis huevos por éste. Pronto lo sabremos. Si no desea ir al agua, sabré que no es un pato.

Patitos:

Mamá, mamá, queremos ir a nadar a la charca. *(Todos caminan hacia el agua, incluyendo el Patito Feo)*

Mamá Pata:

Por cierto que no es un pollo, porque mueve sus patas como un pato y camina muy erguido. Si lo pensamos bien, no parece ser tan feo después de todo. Vamos ahora a visitar a nuestros vecinos en la granja. Vengan, que los voy a presentar al resto de los animales. Y tú *(dijo al Patito Feo)*, ponte al final de la cola y trata de pasar desapercibido.

Primera Gallina: *(Al ver al Patito Feo)*

Mamá Pata, ¡qué feo es el color de este patito! Es gris, en vez de ser amarillo como los demás.

Pavo:

Y qué patas tan largas tiene.

Gallo:

¡Miren los pelos de su cabeza! ¡Son tiesos y puntiagudos! ¡Ja ja ja! *(Se ríe muy fuerte y también hace reír a los demás)*

Patito Feo: *(Hablando a sí mismo)*

Soy muy infeliz. Todos se ríen de mí. Hasta la esposa del granjero, cuando nos trae la comida, me saca de una patada. Si tan solo pudiera volar sobre el cerco... Ahora que mamá no está mirando, es mi oportunidad.

Narrador:

El patito vuela lejos y pasa días y hasta meses escondido en la maleza de una charca. Un día de sol brillante se encuentra con unos gansos salvajes.

Gansos:

¡Ea! Miren a esta cosa tan fea. ¿Te sientes solo? ¿Quisieras venir con nosotros a visitar otras charcas? *(De repente se escuchan disparos. Asustados, los gansos salen volando)* ¡Los cazadores! ¡Rápido! ¡Estamos en peligro!

Narrador:

Tan pronto se han ido los gansos, aparece un perro con la lengua colgando y los ojos brillantes de emoción. Huele al patito y se va.

Patito Feo:

Soy tan feo que ni un perro me quiere comer.

Narrador:

El patito se aleja de la charca y encuentra una casita donde viven una señora anciana, un gato y una gallina.

Señora Anciana:

¡Oh, es un pequeño pato! Parece que no ha comido por largo tiempo. Aunque tiene un aspecto muy raro, le daré algo para comer.

Gato y Segunda Gallina: *(Hablan al patito muy enojados)*

No te sientas bienvenido porque te han dado de comer. Aquí no hay lugar para ti. No puedes cazar ratones ni puedes poner huevos. Tan pronto como termines de comer, deberás irte.

Narrador:

El Patito Feo debe irse. El otoño está por terminar y el color de las hojas y el color del cielo indican que el invierno llegará pronto. Mirando el cielo, el Patito Feo se sorprende al ver un grupo de aves grandes y blancas, con plumas relucientes y cuellos largos y flexibles que vuelan elegantemente hacia tierras más cálidas para pasar el invierno.

Patito Feo:

El invierno se acerca. Debo encontrar un lugar para refugiarme y esperar la llegada de la primavera.

Narrador:

El pequeño pato despierta un día y descubre que la primavera ha llegado.

Patito Feo:

Oh, qué bien huelen estas flores. Y el pasto está tan verde y el cielo tan azul...

Narrador:

El patito mira el cielo y de nuevo ve las mismas aves blancas con cuellos largos que ahora regresan de su viaje invernal.

Patito Feo:

¡Qué aves tan hermosas! ¡Quién pudiera parecerse a ellas!

Cisnes:

¡Cómo estás, hermano! ¿Qué haces aquí solo?

Patito Feo: *(Sorprendido)*

¿Yo, hermano? ¿Están bromeando? Yo no soy más que un pájaro ordinario y feo...

Cisnes:

¿Cómo puedes decir eso? Acércate al agua y mira tu reflejo.

Patito Feo: *(Se acerca al agua y ve su imagen reflejada)*

Pero...¡no es posible! ¡Soy grande, majestuoso y blanco! ¡Mi cuello es como el de ustedes, largo y elegante!

(Varios niños aparecen riendo y gritando)

Primer Niño:
    ¡Miren, miren! ¡Encontramos los cisnes!

Segundo Niño:

Sí, y hay uno nuevo. Parece ser el más joven de todos.

Niña:

Es el cisne más hermoso de todo el lago. Démosle migas de pan...

Patito Feo: *(Asombrado y hablando a sí mismo)*
¡Soy un cisne! Tantos días he vivido triste y solo, pero ahora sé quién soy y también sé que nunca más estaré solo. *(Dirigiéndose a los otros cisnes)* Si soy un cisne, ¿podré volar como ustedes cuando el otoño vuelva de nuevo?

Cisnes:
Por supuesto que sí. Ven, nada con nosotros y te presentaremos al resto de la familia.

Narrador:

Con el cambio de Patito Feo a hermoso cisne, nuestro héroe puede olvidar sus tristes días en la granja, el maltrato del gato y la gallina, y su vida de soledad y pena. Ahora él es como los otros cisnes y puede gozar su nueva vida, deslizándose orgulloso y feliz por la superficie del lago.

ACTIVIDADES

Aquí tienes algunas actividades relacionadas con esta obra que te pueden gustar:

1. Reconoce a los animales. Reúne a varios amigos y sepáralos en grupos de dos o tres personas. Asigna a cada grupo un animal de la selva que se debe imitar. Todos deben tener los ojos vendados. Luego haz que todos abandonen sus grupos y se vayan a distintos puntos de la casa. Cuando tú des la orden, cada uno empezará a imitar a su animal y, guiándose por los sonidos, se reunirá con su grupo.

2. Enseña dónde viven los animales. Dibuja tres lugares en que vive la mayoría de los animales: selva, granjas y casas. Luego pide a tus amigos que dibujen distintos animales sobre papel de colores. Los animales pueden incluir leones, cerdos, gatos, perros, serpientes, vacas, gacelas, papagayos, gallinas, etc. Haz que recorten los animales y los peguen en el lugar correcto.

3. Haz un calendario de estaciones. Elige una semana de cada una de las cuatro estaciones: primavera, verano, otoño e invierno. Para dibujar las cuatro semanas, traza líneas sobre papel de color y divídelas en cuadrados, de modo que cada cuadrado represente un día *(tendrás así 28 cuadrados)*. Dibuja entonces el tiempo típico de cada estación en cada grupo de siete cuadrados.

4. Otra actividad consiste en hacer muñecos para los dedos. Copiar los dibujos de los protagonistas del cuento situados en las páginas siguientes al mismo tamaño, colorearlos y recortarlos. Después hacer dos cortes como se indica en los dibujos, para poder pasar los dedos, y ya estarán listos para iniciar la representación.

---- cortar

----- cortar

----- cortar

----- cortar

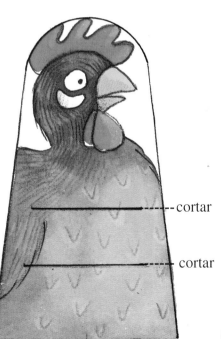

----- cortar

----- cortar

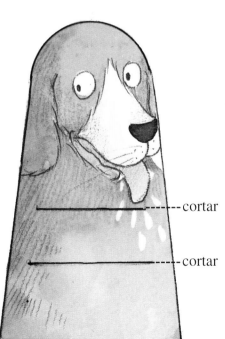

----- cortar

----- cortar

cortar

cortar

cortar

cortar

cortar

cortar

cortar

cortar

cortar

cortar

cortar

cortar

L' ANEGUET LLEIG
Copyright © TREVOL PRODUCCIONS EITORIALS S.C.P., 1999. Barcelona, Spain.
Uno de la serie *Teatre dels contes*
Ilustraciónes: Carme Peris
Adaptación: Mónica Bosom
Diseño: Carme Peris

Dirigir toda consulta a:
Barron's Educational Series, Inc.
250 Wireless Boulevard
Hauppauge, New York 11788
http://www.barronseduc.com

Número Internacional del Libro 0-7641-5150-9

Número de Catálogo de la Biblioteca del Congreso de EUA 98-73634

Printed in Spain
9 8 7 6 5 4 3 2 1

ESL PROGRAM
EVERGREEN SCHOOL DISTRICT